RÉPONSE

SÉRIEUSE

A M. L**,

Par l'Auteur de la Théorie
du Paradoxe.

AVERTISSEMENT.

Des événemens publics trop importans pour laisser place au petit intérêt que peut inspirer une dispute littéraire, ont retardé jusqu'à présent la publication de cet Ouvrage. L'Auteur, en se résignant à être peu lu, en sera plus reconnoissant pour ceux qui prendront la peine de le lire,

RÉPONSE
SÉRIEUSE
A M. L**,

Par l'Auteur de la Théorie du Paradoxe.

Qui neminem veretur, seipsum contemnit.
PLIN. epist. lib. IV. epist. XXV.

A AMSTERDAM.

═══════════════

1775.

AVERTISSEMENT.

Lorsque l'Auteur de la Théorie du Paradoxe s'est donné la peine de montrer sous leur véritable jour les opinions étranges de M. L**, & la manière tout aussi étrange dont cet Écrivain les présente & les défend, il n'imaginoit pas avoir jamais besoin de faire l'apologie d'une critique purement littéraire, dans laquelle il n'a point passé les bornes que prescrivent la décence la plus sévère & le respect dû au Public : il ne s'attendoit pas à essuyer, de la part de quelques personnes, un reproche de dureté, pour avoir publié cet Ouvrage après la radiation de M. L** du Tableau des Avocats ; ni à entendre dire qu'at-

A iij

taquer M. L** dans une pareille circonstance, c'étoit manquer de noblesse & de générosité.

Quelque étrange que lui paroisse encore aujourd'hui cette compassion pour M. L**, comme elle a fourni la seule objection qu'on ait faite contre la Théorie du Paradoxe, & qu'elle peut tenir chez quelques personnes à des motifs estimables, il se croit obligé de montrer combien elle est mal fondée & combien sont injustes les reproches qu'elle a dictés : il croit enfin devoir faire précéder sa replique à M. L**, par cette petite discussion.

Il semble, à entendre ces personnes d'une générosité si recherchée, qu'on n'ait eu l'idée de critiquer M. L** en sa qualité d'Ecrivain, que le soir du jour où l'on a décidé qu'il ne pouvait plus exercer ses fonctions d'Avocat & qu'on ait composé, fait approuver, imprimé, broché & distribué un volume de 200 & tant de pages en une nuit. La vérité est que cette Critique étoit achevée au commencement de Décembre, lorsque M. L** étoit dans toute sa gloire, & qu'il n'étoit point encore question de le rayer du Tableau; assurément on n'attaquoit point alors un homme à terre : premier fait constant qui justifie l'Auteur de la Théorie du Paradoxe, du reproche d'avoir voulu mettre à profit les circonstances où se trouvoit M. L**.

En second lieu, la même conséquence résulte des ménagemens marqués qu'on a eu pour M. L**, en l'attaquant : on s'est tenu en effet dans les limites d'une simple critique littéraire de ses ouvrages littéraires ; on a évité de le considérer jamais comme Avocat;

on s'eſt abſtenu de citer une ſeule phraſe, un ſeul mot de ſes Mémoires nombreux qui pouvoient fournir des armes bien puiſſantes contre lui ; enfin, on a écarté tout ce qui pouvoit avoir le moindre rapport aux imputations graves ſous leſquelles a ſuccombé M. L**.

C'eſt par le même motif que l'Auteur de la Théorie du Paradoxe, qui pouvoit donner ſon Ouvrage auſſi-tôt que la querelle de M. L** avec ſon Ordre a commencé d'éclater, en a différé d'abord l'impreſſion & enſuite la publication juſques après le jugement prononcé par l'Ordre des Avocats.

Ces ménagemens ſuffiſoient ſans doute, & l'on a cru pouvoir encore critiquer M. L** en ſa qualité d'homme de Lettres, quoiqu'il fût rayé du nombre des Avocats. M. L** en ceſſant

d'exercer cette respectable profession, demeuroit toujours dans l'opinion de certaines personnes un profond Philosophe, un grand Auteur
de Droit Public, un homme fort
éloquent & sur-tout un bon Écrivain ; & si l'on trouvoit qu'il ne
méritoit aucun de ces éloges, sa
radiation n'étoit pas une raison de
ne pas les lui contester.

Il y a plus : après avoir différé
de publier la Théorie du Paradoxe
jusqu'au jugement de l'Ordre des
Avocats, on a dû la donner immé-
diatement après, parce que c'étoit le
seul moyen de convaincre le Public
qu'on n'avait pas attendu ce moment pour attaquer M. L**; cette
publication, supposant nécessaire-
ment que l'ouvrage étoit composé
au moins six semaines auparavant,
devoit prouver clairement qu'on
n'avoit pas craint M. L** dans le

A v

temps de sa plus grande célébrité, & qu'on n'avoit pas voulu triompher d'un homme abattu.

L'Auteur de la Théorie du Paradoxe trouve l'apologie de cette conduite, dans un Ancien d'une autorité bien respectable, (car on trouve tout dans les Anciens) Pline le jeune, dont les lettres respirent par-tout la vertu, & dont le caractere principal est l'élévation & la noblesse des sentimens. Maxime avoit composé quelques ouvrages contre un certain *Blatera* * ; ce Blatera venoit de mourir ; écoutons Pline donnant des

---

* *Blatera* ou *Blatero*, *braillard*, dérivé de *blaterare*, qui, selon Henry Etienne & Gesner, signifie proprement *inepte clamare. Veteres nostri*, dit encore Aulugelle, lib. 1, c. 15, *hoi genus homines in verba provectos loqutulejos & blaterones & lingulacas dixerunt*. Il y a des rencontres bien singulieres.

conseils à son ami dans cette circonstance, exactement semblable
à celle où s'est trouvé le critique de
M. L** : « Je vous ai souvent ex-
» horté à publier promptement
» les ouvrages que vous avez
» faits contre Blatera, & je renou-
» velle mes instances en apprenant
» sa mort. Quoique vous les ayez
» lus & donnés à lire à beaucoup
» de personnes pendant qu'il vi-
» voit, il y a des gens qui pour-
» roient soupçonner que vous ne
» les avez entrepris que depuis qu'il
» n'est plus. Soutenez l'opinion
» qu'on a de votre générosité. Vous
» la conserverez en donnant tout
» de suite votre ouvrage au public,
» puisqu'il sera par-là notoire aux
» plus mal intentionnés, que sa
» mort ne vous a pas inspiré le des-
» sein d'écrire, & qu'elle a préve-
» nu la publication déja toute prête
» de ce que vous aviez écrit. Vous

» éviterez par - là qu'on ne vous
» applique ce vers d'Homere.

» *C'est une impiété que d'insulter aux morts.*

» Car ce qui a été écrit, lu & ré-
» cité contre un homme vivant,
» doit être regardé encore comme
» PUBLIÉ contre une homme vi-
» vant, si on le publie tout de suite
» après sa mort. Quittez donc tout
» autre travail, pour ne vous oc-
» cuper que de celui-là, L. 9 ep. 1 ».

Cette autorité & cet exemple
sont décisifs. On a écrit de leur
vivant contre Blatera & M. L**.
Blatera & M. L** sont morts. Selon Pline, Maxime conservera sa
réputation de générosité s'il publie
son ouvrage tout de suite après la
mort de Blatera ; c'est précisément
ce qu'a fait l'Auteur de la Théorie
du Paradoxe en donnant son écrit
le lendemain du jugement de M.

L** Il n'a donc point manqué de générosité.

Enfin quand on cherche à quelle autre époque, on auroit pu donner au Public une critique de M. L**, on n'en trouve aucune à laquelle on puisse s'arrêter. Avant son jugement, quelque étrangere que cette discussion soit aux raisons pour lesquelles il a été rayé du Tableau, elle pouvoit lui nuire, en affoiblissant l'intérêt que quelques gens prenoient encore à lui; car rien ne détruit l'intérêt aussi sûrement que le ridicule. Attendre quelques mois après ce jugement, c'étoit s'exposer à tomber dans un temps, qui sans doute n'est pas fort éloigné, où, M. L** lui-même étant oublié, on ne lira plus une critique de ses ouvrages, & l'Auteur de la Théorie du Paradoxe avoue qu'il écrivoit pour être lu.

Quelques admirateurs de M.
L** se récrieront sans doute, &
diront qu'il n'est pas fait pour être
oublié, mais qu'on nous permette
de douter que cette grande célébrité puisse se soutenir encore
long - temps. Elle ne peut être
fondée en effet que sur les productions littéraires de M. L**, ou
sur ses Mémoires. Quant aux écrits
du premier genre, nous dirons que
le Public se laisse frapper un moment par les opinions extraordinai-
res, par le Paradoxe ; mais qu'a-
près un temps fort court, il met à
sa place tout Ecrivain qui, en traitant des matieres intéressantes, n'a
pas la vérité pour but, & l'amour
de l'humanité pour motifs; & nous
attestons ici tous les lecteurs sen-
sés, combien ces deux dispositions
sont étrangeres à M. L**. Quant à
ses travaux en qualité d'Avocat,
M. L** se trompe beaucoup, s'il

droit aller à la postérité parce qu'on
a parlé quinze jours de quelques-
uns de ses Mémoires, & qu'il a
vendu un ou deux mille exemplai-
res de chacun : ce peut être là l'effet naturel & néceſſaire de l'intérêt qu'on prend aux *Perſonnes* dans
une grande ſociété, ſans qu'on
ait aucune eſtime pour le talent
de celui qui les attaque ou les
défend. Ce n'eſt pas que les Co-
chins, les Gueau de Reverſeau,
les le Normand, les de Geſnes, &c.
n'aient donné des preuves de talent, & n'ayent fait honneur au
Barreau & aux Lettres ; mais c'eſt
qu'ils raiſonnoient ſolidement &
qu'ils écrivoient bien, & qu'à l'intérêt pour ou contre les clients,
ſe joignoit pour les patrons, celui
que leurs ouvrages inſpiroient ; &
nous avouons que ce mérite ne
nous paroît pas être celui des Mémoires de M. L**.

Mais si l'on veut s'obstiner à croire que M. L** occupera encore long-temps le Public de sa renommée, on justifiera par-là même l'Auteur de la Théorie du Paradoxe, du reproche d'avoir fait paroître sa critique au temps où elle a paru. Car si M. L** doit écrire encore, s'il doit encore attirer l'attention par les mêmes moyens qu'il a employés jusqu'à présent, on ne pouvoit pas espérer de le voir jamais tranquille. Avec *son esprit vif, sa vigueur, son ardeur, son feu, sa facilité & son défaut de politique,* (toutes qualités qu'il s'attribue, ainsi qu'on le verra plus bas), il sera trop difficile de trouver M. L** vacant, sans ennemis & sans affaire sur les bras; toute époque étoit donc indifférente pour l'attaquer, s'il avoit mérité d'être attaqué en effet.

Ces raisons sont sans doute bien suffisantes, mais en voici de plus fortes. Quel est donc, après tout, l'homme pour qui quelques personnes montrent un si grand intérêt, & à quels titres a-t-il mérité les ménagemens qu'on exige pour lui ? Depuis dix ou douze ans que M. L** écrit avec cette malheureuse facilité qui est presque toujours le partage des gens médiocres, il ne cesse d'insulter les hommes, morts & vivans, dont les travaux honorent le plus l'esprit humain, les Montesquieu, les Leibnitz, les d'Alembert, &c. des Philosophes occupés de la recherche des principes du bonheur des nations; les gens de Lettres en général & en particulier, qu'il représente comme de lâches déserteurs de la cause de l'humanité, des empoisonneurs publics, des ennemis du Gouvernement, &c. & parce qu'un homme de Lettres fait une critique littéraire des ouvrages de M. L**, il y aura des gens qui trouveront qu'on n'a pas eu assez de ménagemens pour M. L** ; en vérité cela est bizarre, pour ne rien dire de plus. Non, l'Auteur de la Théorie du Paradoxe n'a pas dû avoir des égards si délicats, précisément parce que M. L** n'a jamais eu pour personne ceux auxquels il étoit obligé bien plus rigoureusement.

D'autres motifs plus puissans se joignent encore à ceux-là, je veux dire les torts très-réels & très-graves dont M. L** est coupable aux yeux de tout homme qui a quelque attachement pour les vérités importantes sur lesquelles repose la base du bonheur des sociétés ; vérités que cet Écrivain a constamment combattues, & qu'il n'a pas tenu à lui de rendre problématiques :

voilà ce qu'il faut voir ; si l'on ne
veut pas demeurer dans une ignorance grossiere de l'état & de l'importance de la question entre M.
L** & son critique.

Il semble à certaines gens que
deux Ecrivains disputant sur les
principes du Droit public, sur les
limites de la liberté & les droits
de la propriété , sur l'esprit & les
effets des loix , sur les maximes de
l'administration intérieure , &c.
jouent une partie de paume , dans
laquelle la galerie n'est pour rien ;
il leur semble qu'il est indifférent
que la victoire demeure à l'un ou
à l'autre des combattans. Ces spec-
tateurs apathiques ne voient pas
que c'est leur fortune qu'on joue ,
& qu'ils laissent perdre en effet ,
faute d'encourager le champion
qui se bat pour eux.

Quel est donc le citoyen

dont l'exiſtence & le bonheur ne
feront pas compromis, s'il faut
regarder comme autant de vérités inconteſtables, ces aſſertions
de M. L** ? Que *la liberté civile*
eſt une chimère, que les hommes
n'en ont jamais joui ; que les gou-
vernemens Aſiatiques ſont les ſeuls
qui rendent les nations heureuſes ;
que la ſociété fait du monde entier
un cachot, où il n'y a de libres que
les gardiens des priſonniers ; que
la ſociété vit de la deſtruction des
libertés, comme les bêtes carna-
cieres vivent du meurtre des ani-
maux timides ; que les ouvrages
des Philoſophes qui ont plaidé la
cauſe de la liberté, ne ſont que
des déclamations, & ne ſervent
qu'à réunir, dans le cœur de l'eſ-
clave, le ſentiment de l'injuſtice à
celui de l'eſclavage ; enfin qu'il ne
faut écouter que la voix terrible, mais

*sincere, qui dit : Souffre & meurs
enchaîné, c'est-là ton destin.* Th.
des loix, tom. 2, chap. dernier,
contenant une récapitulation de
tout l'ouvrage. Quel intérêt peut
donc inspirer l'Ecrivain qui tra-
vaille à établir ces horribles maximes, & qui, obscurcissant les
notions les plus importantes au
bonheur des nations, cherche à
rendre inutiles les travaux de ces
hommes célebres, qui, pour nous
servir de l'expression heureuse de
l'un d'entr'eux, ont fait retrouver
à l'humanité ses titres perdus ?

Il n'est pas à craindre, dira-t-on,
que des principes si désespérans,
& en même temps si absurdes, s'é-
tablissent jamais universellement ;
je le veux croire pour l'honneur
de la raison ; mais qui ne frémira à
la seule pensée qu'ils peuvent être
adoptés par des Souverains ? Et
c'est l'homme qui écrit sans relâ-

che pour les répandre & les accré-
diter, qu'il a fallu ménager; dont
on auroit dû choifir les momens;
qu'on regarde comme traité avec
trop de dureté, parce qu'on a écrit
une plaifanterie contre lui? c'eft
cet homme, dis-je, pour qui on
affiche une fi fcandaleufe compaf-
fion! *

Ce fentiment, au refte, peut
être dans quelques perfonnes
l'effet d'une forte de fenfibilité
qu'on peut pardonner, en la trou-
vant cependant aveugle & d'un
exemple dangereux; mais on ne
peut fe diffimuler que chez beaucoup d'autres il tient à des mo-

---

* Quoique l'Auteur, en écrivant ceci, n'ait
point du tout envie de rire, il ne peut s'empêcher
de rappeller aux lecteurs l'Epigramme

Je pleure, hélas! de ce pauvre Holoferne,
Si méchamment mis à mort par Judith.

tifs qui ne méritent assurément
aucun égard, je veux dire une très-
grande indifférence pour la vérité ;
quelque éloignement pour les gens
de Lettres, que M. L** s'est donné
le droit d'insulter ; & peut - être
aussi le chagrin de voir montrer
au doigt le ridicule de ce qu'on
a trouvé beau. Mais les personnes qui plaindroient M. L** par
de semblables motifs, ne peuvent
pas exiger qu'on partage leurs sentimens, ni qu'on soit bien affligé
de n'avoir pas obtenu leurs suf-
frages. Quant aux autres, dont
l'opinion est l'effet d'une bonté
peu réfléchie, on ose croire que,
d'après les explications qu'on vient
de voir, elles ne s'obstineront pas
à condamner la conduite de l'Auteur de la Théorie du Paradoxe,
& qu'elles lui sauront gré, au
contraire, de l'espece de justice
qu'il a faite d'un Ecrivain égale-

ment ennemi & des principes du
goût, & de ceux dont il importe
le plus aux hommes de bien établir la vérité.

RÉPONSE

RÉPONSE

SÉRIEUSE

A M. L**

LA maniere étrange dont M. L**
a répondu à une critique décente
& modérée de son style & de
ses opinions, ou plutôt, à un
extrait fidele de ses ouvrages,
pouvoit dispenser l'Auteur de la
Théorie du Paradoxe de repliquer
à M. L**.

D'ailleurs, cette espece de combat demandant beaucoup de sang-
froid, devient, on ose le dire,
trop inégal aujourd'hui, que la
réponse de M. L** décele par-

B

tout son trouble & son embarras, & que sa démarche chancelante & ses coups portés au hazard font conjecturer qu'il est atteint mortellement.

M. L** s'étoit mieux montré dans des occasions plus importantes. En essuyant des reproches beaucoup plus graves, il étoit demeuré, à ce qu'il dit lui-même, *fier, inébranlable dans son infortune ; un autre Marius sur les ruines de Carthage.* Voyez le libelle, page 30, *un diable d'homme que rien n'intimide, que rien ne déconcerte,* page 61 ; *un démon à qui la nature a donné un sang-froid, un flegme, une ténacité dont rien n'approche,* page 63.

On ne sait ce qui est arrivé à M. L** ; mais on ne retrouve plus dans sa réponse, le Marius, le diable d'homme, le démon ; tout cela a disparu, pour laisser voir,

un homme hors de lui ; se prenant
à tout, parce qu'il se noye, & ne
pouvant se tenir à rien ; s'empor-
tant aux injures au lieu de répondre, & les prodiguant non-
seulement à un Adversaire qui ne
l'a attaqué qu'avec l'arme de la
plaisanterie, mais à tous ceux qu'il
trouve sous sa main : hommes de
lettres & économistes, qui n'ont
rien à faire à la querelle littéraire
qu'il a sur les bras ; censeurs de
ses livres, qui ont exigé de lui
quelque modération ; Magistrats
même & gens en place. Il faut
avouer que le sang-froid de M. L**,
s'il prétendoit l'avoir conservé dans
cette occasion, ressemble beaucoup à l'emportement des autres
hommes

" Dès le titre, on apperçoit son
embarras. M. L**, si fécond en
ressources, d'une imagination si
riche, d'une invention si prompte,

ne fait que copier la plaifanterie de fon antagonifte. On fait *la Théorie du Paradoxe*, d'après les ouvrages de M. L**, qui font un tiffu de Paradoxes, & M. L** répond par *la Théorie* du Libelle ; on voit la ftérilité.

Il prétend que l'idée de la Théorie du Paradoxe, eft empruntée de l'art de ramper en poéfie du célebre Pope. Il eft vrai que l'art d'écrire du galimathias & des platitudes en vers, a beaucoup de préceptes communs avec celui d'extravaguer en mauvaife profe ; cependant, il eft aifé de fe convaincre que le plan de l'auteur de la Théorie du Paradoxe eft abfolument différent de celui de l'Auteur Anglois, & que les deux ouvrages ne fe rapprochent que par la reffemblance de M. L** avec les mauvais écrivains dont Pope s'eft moqué.

M. L** fe perfuade auffi que

l'Auteur de la Théorie du Paradoxe a concerté son important
projet avec le Bâtonnier des Avocats, & que cette plaifanterie, *est
la glofe du texte de M. Lambon*,
s'adreffant au nom de fon Ordre,
au premier Tribunal du royaume ;
imputation dont la fauffeté faute
aux yeux, puifque l'Auteur de la
Théorie du Paradoxe n'a fait que
rire de M. L**, & que Me Lambon ne rit point ; puifque le premier n'a voulu mettre fous les yeux
du Public, que les opinions bizarres, les paralogifmes, les contradictions, le ftyle de M. L** ;
tandis que Me Lambon, homme
refpectable & refpecté, va droit
au folide, & qu'en portant à là
Cour le vœu de fon Ordre, il a
vu dans M. L** de tout autres torts,
que celui d'être un mauvais raifon-
neur & un mauvais écrivain.

L'embarras & le défordre de

M. L** se montrent, sur-tout, dans le besoin qu'il a de se jetter sur des objets absolument étrangers à sa querelle, avec l'Auteur de la Théorie du Paradoxe.

Celui-ci, faisant profession d'aimer & de chercher la vérité, & s'intéressant à la conservation du bon goût, prend à partie M. L**, homme de lettres qui, dans des ouvrages nombreux, lui paroît avoir établi des opinions fausses, & donné des exemples dangereux de mauvais goût; & M. L** répond, que l'A. M* est économiste, fils de l'A. B. qui est fils de M. de M. qui est fils du D. Q*.

On transcrit fidelement de ses livres quelques-uns de ses Paradoxes; & il répond qu'il n'a pas rançonné M. le D. d'A., & qu'il n'a point fait l'éloge historique de M. le Ch. *Signé*, Linguet.

On releve quelques-unes de ses contradictions, & il prouve que

M. le Comte de M. n'avoit pas reçu l'argent des Verons.

On rapporte des échantillons de son style, & il fait déclamer à son antagoniste des lambeaux de l'oraison funèbre du D. Q*. par M. de M* ; jamais l'intimé ne fut plus éloigné *du fait de son chapon.*

On voit combien tout cela est étranger à la question ; & , pour ne parler que du reproche fait à l'A. M. d'être économiste , quand cette accusation si terrible demeureroit prouvée , quand l'A. M. seroit Juif ou Turc , les opinions de M. L** n'en seroient pas moins étranges , ses contradictions moins palpables , ni son style meilleur ; quand l'A. M. seroit fils aîné ou fils unique du D. Q*. & seul héritier du tableau économique , on ne seroit pas moins tenté de rire ou de s'indigner , en entendant soutenir à M. L** , que la liberté

civile eſt mieux aſſurée en Aſie
qu'en Angleterre ; que le bled eſt
une production funeſte parce qu'il
ſe conſerve ; & que le pain eſt un
poiſon.

Mais M. L** eſt auſſi mal inſ-
truit que mal-adroit ; car l'Auteur
de la Théorie du Paradoxe n'eſt
pas Economiſte.

Certainement, ſi l'A. M. eût
été engendré à l'économie politique par feu M. Q*, ou par quelqu'un des diſciples de cet homme
eſtimable, il ne déſavoueroit pas
cette origine. Les Economiſtes
ſont des citoyens honnêtes, dont
les intentions furent toujours
droites, & le zele auſſi pur qu'ac-
tif & qui ont enſeigné les premiers,
ou rendu familieres & communes
beaucoup de vérités utiles. On
leur a reproché une ardeur qui les
a quelquefois emportés au-delà du
but ; mais il vaut bien mieux, ſans

doute, s'abandonner à cette im-
-pulfion qui, après tout, ne peut
avoir pour principe en eux que
l'amour du bien public, que de
demeurer dans cette lâche indifférence, que tant de gens montrent
pour le bonheur de leurs fembla-
bles, ou de décrier ceux qui s'en occupent ; mais quoi qu'il en foit des
Economiftes, l'A. M. eft obligé
de convenir qu'il n'a jamais reçu
les leçons du Docteur Q*, ni
celles de M. de M* ; qu'il s'oc-
cupoit d'économie politique avant
que le D. Q*, lui-même, eût encore engendré perfonne ; qu'il n'a
jamais affifté à aucune affemblée
des difciples ; & enfin, puifqu'il
faut le dire, qu'il n'a jamais entendu le tableau économique, ni
prétendu le faire entendre à qui
que ce foit ; profeffion de foi
nette, & qui met l'Auteur de la
Théorie du Paradoxe à couvert

B v

de tous les coups que M. L** porte aux Economistes , & dont eux-mêmes sauront bien se défendre , s'ils les regardent comme dangereux.

Que sert encore à M. L** d'avancer que l'A. M. *a 20000 livres de rente pour recrépir le vieux Dictionnaire de Savary.* Ce prétendu fait n'a rien de relatif à sa défense ; mais de plus, il est notoirement faux. L'A M* fait un Dictionnaire tout neuf , & ne recrépit point Savary , & quant aux secours qu'il reçoit du Ministere, M. L** les enfle ici des trois quarts , ce qui est beaucoup dans toute espece de calcul.

M. L** insiste sur le retardement de la publication de ce grand ouvrage , que le Public paroît desirer avec une impatience , dont l'Auteur ne peut être que bien reconnoissant. On se contentera

de répondre qu'il faut plus de
temps que M. L** ne peut l'ima-
giner, pour faire de fix volumes
in-folio, un ouvrage raifonnable,
où le Public puiffe trouver quelque inftruction ; que le proverbe
fat cito, *fi fat bene*, trouve ici
fa jufte application ; & que l'Auteur a bien le droit de fe conduire
lui-même, d'après la maxime du
Mifantrope, que les Lecteurs font
toujours en droit de citer :

Voyons, Monfieur, le temps ne fait rien à l'affaire.

Enfin, l'ufage que fait M. L**
de tous ces moyens étrangers, qui
occupent plus de la moitié de fa
réponfe, démontrent la foibleffe
de fa caufe à tous les Lecteurs fans
prévention.

Une défenfe fi foible & fi gauche,
n'auroit donc mérité aucune réplique de la part de l'Auteur de la
Théorie du Paradoxe, fi d'autres

motifs ne l'avoient déterminé. 1°.
Il a cru néceſſaire de repouſſer
l'accuſation que M. L** lui in-
tente, d'avoir fait un libelle. 2°. Il
doit faire connoître la fauſſeté
de pluſieurs faits avancés par M.
L**, avec une hardieſſe qui pourroit impoſer au Public, ſi on ne les
démentoit pas. 3°. Il ſe croit obligé
de détruire les imputations que
M. L** lui fait, d'avoir altéré quelques-uns des paſſages qu'on a cités
de ſes ouvrages, altérations par
leſquelles il prétend qu'on a gâté
ſon ſtyle & dénaturé ſes opinions.

Ces mêmes raiſons le juſtifie-
ront auſſi auprès des perſonnes
qui pourroient penſer qu'il étoit
inutile de répondre à la Théorie
du Libelle, lorſque cet ouvrage a
eu dans l'opinion publique le ſort
qu'il méritoit, & lorſqu'il a été
ſupprimé par Arrêt du Conſeil,
comme *imprimé ſans permiſſion,*

& comme contenant des *injures*, *des déclamations* & *des calomnies*. Arrêt du Conseil du 2 Avril 1775. En effet, le peu de succès de l'ouvrage de M. L** ne suffit pas pour détromper entierement les personnes qui se seroient laissées aller à des préventions, & pour lesquelles il est toujours bon d'écrire. L'Arrêt du Conseil ne justifieroit pas l'Auteur de la Théorie du Paradoxe, d'avoir fait un libelle, si cette plaisanterie méritoit un nom pareil ; enfin, l'autorité supprimant un ouvrage clandestin, ne dément pas en détail, les faits faux avancés dans la Théorie du Libelle, & ne pourroit laver l'Auteur de la Théorie du Paradoxe d'avoir altéré les passages de M. L** en les citant, s'il s'étoit rendu coupable de cette infidélité. L'A.M. se croit donc obligé de se justifier sur ces différens chefs ; sa réplique ne sera,

d'ailleurs , qu'une défenfe légi-
time , qu'il a regardée comme un
devoir. Il fera trifte , fans doute ,
pour M. L**, que les nouvelles
impreffions qui réfulteront néceſ-
fairement de cette difcuffion , fe
joignent à celles que le Public a
déja reçues ; mais fi pour imprimer
des fauffetés & des calomnies , fans
craindre une réfutation , il ne te-
noit qu'à les faire entrer dans un
mauvais ouvrage , ou à fe faire
fupprimer par Arrêt du Confeil ,
M. L** auroit de trop grands avantages , que l'Auteur dela Théorie
du Paradoxe ne peut pas lui
laiffer.

I. On commencera par prouver
que la Théorie du Paradoxe n'eft
pas un libelle , ce qu'on n'a befoin de prouver que contre M. L**.

On fe croit en droit , à cette
occafion , de faire connoître une
circonftance ignorée du Public ,

qui rend ce reproche souveraine-
ment ridicule dans la bouche de M.
L**. Il faut donc dire que l'Auteur
de la Théorie du Paradoxe a publié
son ouvrage avec l'approbation d'un
Censeur & la permission d'un Magistrat, qu'on ne pouvoit, ce semble,
refuser ni l'une ni l'autre à une
simple critique littéraire. Quant
à M. L**, comme il a conjecturé
fort sagement, qu'aucun Censeur
n'autoriseroit des injures violentes,
& que le Magistrat ne les laisseroit
pas imprimer sans approbation, il
a imprimé clandestinement & vendu
de même; voilà pourquoi on a arrêté
la distribution de la Théorie du Libelle après quelques jours, au
grand regret de l'Auteur de la
Théorie du Paradoxe, qui n'a eu,
en cela, aucune faveur, que celle
qui résultoit de la nature de son
ouvrage, & de la modération qu'il
y avoit gardée. D'après cette diffé-

rente conduite des deux Écrivains, on voit bien lequel des deux doit être préfumé avoir fait un libelle.

Mais il y a des gens à qui la pratique d'un art eft familiere, fans qu'ils puiffent fe rendre raifon de fes procédés ; M. L** fait bien faire un libelle , mais il ne s'en eft jamais donné à lui-même une bonne définition.

Le libelle & la fatyre, attaquent le perfonnage qui en eft l'objet, par le côté moral; ainfi, une critique littéraire, prouvât-elle complettement qu'un Auteur a des opinions fauffes, & qu'il eft mauvais Écrivain, &c, ne feroit ni un libelle, ni une fatyre ; or, il n'y a rien de plus dans la Théorie du Paradoxe; on ne s'y eft pas permis une injure ; on s'eft abftenu de recueillir aucune des imputations graves répandues contre M. L** ; on n'a fait , en un mot, que critiquer en littérateur ; ſes ouvrages littéraires.

Mais, dit M. L**, la Théorie du Paradoxe eſt un libelle, parce qu'il *en réſulte que M. L**, n'a ni loix, ni principes, ni mœurs, ni délicateſſe ; que c'eſt une ame affreuſe qui ſe joue de tout, un homme parjure, avide, dangereux dans la ſociété, capable de tous les excès, de toutes les baſſeſſes que peuvent produire, dans un cœur dépravé par goût & par ſyſtême, une nature flétrie, avec l'oubli ab-ſolu de toutes les regles ;* voyez le libelle, page 122 & 123.

L'Auteur de la Théorie du Paradoxe n'avoit pas cru être ſi tra-gique ; on ne trouve dans ſon pe-tit ouvrage, aucun des grands mots que M. L** accumule ici. Il a ſeulement voulu prouver que M. L** dans ſes écrits, ne cherche point la vérité, & qu'il court ſans cesse après le Paradoxe ; qu'emporté par la fougue d'une imagination déréglée , & par les écarts d'un esprit sans justesse , il se laisse aller à des opinions extravagantes, qu'il soutient par des raisons extravagantes ; qu'il lui échappe continuellement des contradictions choquantes ; que son style & son goût sont très-mauvais , & qu'il se défend contre ses critiques , d'un ton que la décence & le respect dû au Public, ne peuvent que condamner. Il n'y a dans tout cela, ni *parjure* , ni *cœur dépravé par goût & par système* , ni *ame affreuse*, ni *nature flétrie*. Si cependant M. L**, lui-même, pense que tout cela résulte des simples citations qu'on a faites de ses livres , c'est une grande mal-adresse à lui d'en avertir; mais c'est une conséquence qui ne peut être attribuée à son critique , qui ne l'a pas même indiquée. La Théorie du Paradoxe n'est donc pas un libelle.

Ce qu'il y a de bien étrange, c'est que M. L** entreprenne de faire passer pour un libelle, une simple critique littéraire, en même temps qu'il écrit lui-même un libelle très-violent; car le titre de sa réponse est modeste, & ne promet pas tout ce que l'ouvrage contient. M. L** auroit pu l'intituler, *Théorie &* PRATIQUE *du libelle.*

On le demande, en effet, n'est-ce pas écrire un libelle, que de faire dire à l'Auteur de la Théorie du Paradoxe, qu'*égorger l'innocence n'est point un crime, mais une manœuvre adroite employée par les sages de tous les temps, page 25 & 26; & que quiconque a reçu de l'argent pour croire ce qu'on lui dit, est obligé de le croire ? page 33.*

N'est-ce pas faire un libelle, que de mettre dans sa bouche, comme

les Tragiques mal-adroits qui, faï-
fant parler les Tyrans, laiffent ap-
percevoir le Poëte ; *que la vérité*
& la juftice font des mots qui ne fi-
gnifient rien, ou qui fignifient tout
ce qu'on veut ? page 78.

N'eft-ce pas écrire un libelle ;
que de faire dire par un perfonnage chimérique qu'on met en
fcene avec l'A. M. *J'ai feint de*
vous écouter, pour voir jufqu'où
peut aller votre baffeffe & votre
audace : cherchez ailleurs des coo-
pérateurs pour l'infâme complot que
vous me propofez ; j'embraffe avec
joie la mifere, fi elle me garantit
de l'affront d'être confondu avec
des gens auffi méchans que vous,
page 149.

Voilà une petite partie des injures
que l'Auteur de la Théorie du Paradoxe a effuyées de la part de M.L**,
& qui fuffifent affurément pour ca-
ractérifer un libelle ; mais il n'eft pas

seul l'objet de la satyre de M. L**,
plusieurs personnes estimables,
l'Académie, l'Ordre des Avocats,
des femmes, &c., sont aussi en
butte à son déchaînement. Il suffit
ici de citer quelques traits de la
Théorie du Libelle.

On y appelle les Economistes,
freres usuriers, page 61 ; on y
associe des citoyens irréprochables
à un homme flétri, dans cette énu-
mération indécente qu'on trouve
à la page 60, *frere Dup. frere
Baud. frere du Jonquai.*

On y dénonce au gouvernement
des assemblées qui, après tout,
n'ont pour objet, que la discussion des questions économiques,
en grossissant faussement le nombre de ceux qui y assistent, & en
disant qu'*on est bien éloigné de vouloir travestir en conventicules sédi-
tieux, des assemblées dont on suppose que l'objet est innocent ;* fi-

gure de rhétorique, par laquelle on dit précisément ce que l'on prétend ne vouloir pas dire ; on y compare les Economistes assemblés aux *protestans*, &c., page 61 & 62.

M. L** y assure qu'il *s'est piqué de se conformer aux maximes de l'Ordre des Avocats, qui veulent que la fermeté, le désintéressement & le zele pour l'innocence opprimée, soient les vertus d'un homme honoré de ce titre, & qu'aussi*, (N. B. aussi), *il a armé tout son Ordre contre lui*, page 39, & 40.

Enfin, il y pousse le mépris des bienséances & l'atrocité, jusqu'à insulter des femmes, en imprimant que *les belles partisannes de la science économique, ont payé plus d'un suffrage en faveur des Vérons, du prix que mit la charmante Duchesse de Montpensier à* l'affaſſinat de Jacques Clément, page 61.

Il nous ſemble que c'eſt là pré-ciſément le ton du libelle ; il nous ſemble qu'il n'y a que M. L** au monde qui, après s'être livré à une ſatyre ſi indécente, puiſſe ajouter froidement. L'AUTEUR (de la Théorie du Libelle,) A EU SOIN D'Y MÉNAGER TOUT CE QUI EST RESPECTABLE, ET NOUS NE CRAIN-DRONS PAS DE DIRE QUE LA VERTU DOIT Y APPLAUDIR. Préſ. pag. 5.

M. L** riroit bien du public ſi on croyoit à ce ménagement, & ſi la vertu lui accordoit ces applau-diſſemens, ſur leſquels lui-même ne compte pas ; mais le public ne donnera pas cette ſatisfaction à M. L**, & croira au contraire, que la Théorie du libelle, eſt un libelle, & que la Théorie du Pa-radoxe n'en eſt pas un.

II. Venons maintenant aux faits avancés par M. L**, notoirement faux & connus par lui-même pour tels.

Quand l'Auteur de la Théorie du Paradoxe a donné des conseils aux jeunes gens, il n'a dit en aucun endroit qu'il fallût défendre le Paradoxe par le menfonge : ce n'eft pas qu'en certains cas, cette pratique ne pût être utile à ceux qui ont le courage de s'en fervir ; mais l'Auteur attentif à fe tenir dans les bornes d'un Traité de rhétorique, & à écarter foigneufement tout ce qui pouvoit tenir au moral, n'avoit point donné ce précepte à fes éleves ; d'ailleurs, s'il eût eu ce projet, il auroit affurément prefcrit d'éviter le menfonge fur des faits trop connus & trop faciles à conftater ; mais on va voir combien M. L** dans fa défenfe, s'eft écarté de cette regle.

La

La premiere & la plus importante de ces fauſſetés, qui fait
preſque tout le fonds de la dé-
fenſe de M. L**, eſt que l'Auteur
de la Théorie du Paradoxe eſt
entré dans un complot odieux
formé pour le perdre ; que les
les Avocats, les Economiſtes, les
Académiciens, les Uſuriers, & ſur-
tout l'A. M. homme fort intri-
guant, ont ſoulevé le public contre
lui, lorſqu'il s'eſt chargé de la dé-
fenſe de M. le D. d'A ; qu'ils ont
perſuadé que M. L** étoit l'A-
gent ſecret de la révolution de
1770 ; qu'ils ont trouvé le moment favorable *pour le renverſer*
dans l'affaire du C. de M. afin
d'avoir les uſuriers pour amis ;
qu'ils ont même pouſſé la méchanceté juſqu'à empêcher que les
portes de l'Académie ne s'ou-
vriſſent *à l'honnêteté & aux talens*
de M. L**, &c. &c. Voilà une
partie des ridicules imputations

C

contenues dans la Théorie du Libelle.

On observera, d'abord, que
l'Auteur de la Théorie du Paradoxe est un simple homme de
lettres, occupé de ses travaux, sans
intrigues, sans liaison d'affaires
avec qui que ce soit; qui n'est point
Economiste, comme on l'a vu
plus haut; encore moins usurier;
qui ne connoît que deux ou trois
Avocats; qui n'a de liaison étroite
qu'avec un seul, par des circonstances absolument étrangeres à
M. L**; qui n'a jamais eu aucune
sorte de commerce avec aucun des
clients, des amis, ou des ennemis de M. L**; qui n'a jamais lu,
il en demande pardon à la célébrité de M. L**, deux de ses nombreux Mémoires; qui n'a jamais
eu la manie de *Perrin Dandin*,
aujourd'hui si répandue, de vouloir
juger, au milieu de la légereté de la
conversation, les affaires les plus

compliquées , sans la connoissance
des faits ni des loix ; qui n'a jamais cru que M. L** ait pu influer
sur une révolution aussi importante que celle de 1770 ; qui n'a
jamais pu faire ouvrir ou fermer les
portes de l'Académie à personne ;
qui ne pense pas qu'il ait jamais pu
être sérieusement question de les
ouvrir *aux talens* de M. L** ; en
un mot , qui avant d'écrire la
Théorie du Paradoxe pour se dé-
lasser de travaux plus sérieux , ne
s'étoit jamais occupé de M. L**.
Voilà l'exacte vérité opposée à tout
le tissu de faussetés extravagantes
accumulées dans la Théorie du
Libelle.

M. L** donne une singuliere
preuve de la réalité de ce prétendu
complot : *on n'en sauroit douter ,*
dit-il, *quand on voit le même jour*
paroître la Théorie du Paradoxe &
le Bâtonnier des Avocats affirmer
*au Parlement que M. L** s'est*

*fait un principe de n'en reconnoître
aucun, &c. fait bien important,
dit-il ailleurs page 151, qu'on
ne peut trop redire, parce qu'il peint
le cœur de ses ennemis, qui ont pris,
pour publier la Théorie du Paradoxe, un temps où on lui cher-
choit des crimes de toutes parts.*

Ce raisonnement est ridicule : d'a-
bord, pour que l'effet de la Théorie du Paradoxe concourût avec
celui du discours du Bâtonnier, il
auroit fallu publier le livre au
moins plusieurs jours avant que le
discours fût prononcé, car l'effet
du discours étoit du moment, &
le livre avoit besoin de temps pour
se répandre & pour être lu.

En second lieu, l'objet du livre &
celui du discours étant totalement
différens, le premier n'étant qu'une
critique littéraire, quoiqu'en dise
M. L**, & le second, une dénonciation fondée sur des motifs beaucoup plus graves, il importoit

auffi peu au fuccès de l'ouvrage ;
que le difcours de Mᵉ Lambon
fût bien ou mal reçu de la Cour ,
qu'au difcours de Mᵉ Lambon ,
que la Théorie du Paradoxe fût
bien ou mal accueillie du public.

Si le Bâtonnier des Avocats a
dit dans fon difcours , que M. L**
*a attaqué le droit naturel , le droit
public du royaume , le droit ecclé-
fiaftique & les loix civiles , & violé
les regles de la modération , de la
décence & de l'honnêteté dans la
défenfe des Parties* , la Théorie du
Paradoxe ne pouvoit *contribuer au
fuccès* de cette dénonciation , puifqu'il n'y eft point queftion de tout
cela , & qu'il n'y a aucun rapport
entre cette critique littéraire &
les inculpations préfentées par Mᵉ.
Lambon contre M. L**.

Enfin , nous fommes obligés de
le dire , M. L** , pour nous fervir
de fes termes page 20, *fe confacre
ici par l'onction de l'ingratitude* ,

puifqu'ainfi que nous l'avons re-
marqué plus haut, l'Auteur de la
Théorie du Paradoxe, qui avoit
achevé fon ouvrage dès le mois de
Décembre, en a retardé l'impref-
fion & la publication jufqu'après
la décifion de l'Ordre entier, pour
ne pas nuire même indirectement,
à M. L**.

Et fur cela, il faut encore faire
connoître une fauffeté manifefte de
M. L**, qui affure en deux endroits de fon libelle, que la Théorie du Paradoxe a paru *le 4 Fé-*
vrier, c'eft-à-dire avant fon jugement, & qui donne ce fait prétendu comme *bien important;* tandis
qu'il eft de notoriété publique
qu'il n'a été ni donné ni vendu un
feul exemplaire de cette critique
avant le cinq. M. L**, comme on
voit, n'eft pas fcrupuleux fur les
dates; il faudroit pourtant l'être
quand on les donne comme importantes, & qu'on en fait le fonde-

ment d'une imputation injurieuse, mais cette erreur volontaire de M. L**, & le besoin qu'il a eu de s'y abandonner, achevent de prouver l'impuissance où il est de donner la moindre vraisemblance au prétendu complot de l'Auteur de la Théorie du Paradoxe avec l'Ordre des Avocats.

Quant au reproche d'intelligence entre les Verone & l'A. M. contre M. le C. de M. & M. L**, ce seroit insulter à nos lecteurs, que d'écrire une ligne pour le repousser. On ne peut que rire de l'extravagance de M. L** qui, ne sachant comment arracher de ses flancs le trait du ridicule, s'amuse à chercher d'où il est parti, & suppose des milliers de mains occupées à le lancer; mais l'Auteur de la Théorie du Paradoxe déclare hautement qu'il est seul, qu'il n'a besoin d'être excité par personne pour défendre la raison & le bon

goût contre les ennemis de l'une &
de l'autre , & qu'il les combattra.

Dùm memor ipſe ſui, dùm ſpiritus hos reget artus.

Au reſte , il n'eſt pas inutile
de remarquer que cette ſuppo-
ſition d'un parti puiſſant , dont
l'Auteur de la Théorie eſt l'Agent
& le complice , eſt un artifice de
la vanité de M. L** , qui veut ſe
donner une importance qu'il n'a pas.
Cette fineſſe ſe découvre , ſur-tout
dans ces grands mots de M. L** ,
que l'Auteur de la Théorie du Paradoxe a eu pour objet de le faire
regarder *comme un monſtre fu-*
rieux ; comme un de ces génies mal-
faiſans produits pour le malheur de
ſes pareils ; convaincus de haïr
l'humanité ; deſirant , comme Ca-
ligula , que le genre humain n'eût
qu'une tête pour l'abbattre d'un
ſeul coup.

Nous lui dirons avec l'Auteur
de *la vanité,*

L** a tort, il n'eſt pas ſi coupable :

M. L** fait-il que n'eſt pas monſtre, n'eſt pas Caligula qui veut? Pour cela, il faut une taille, des dimenſions, une force, une énergie qu'on ne trouve point dans M. L**. L'Auteur de la Théorie du Paradoxe déclare hautement qu'il ne le regarde, ni comme un Génie, ni comme un Génie mal-faiſant ; qu'il ne le voit point comme un nouveau Caligula, mais ſimplement comme un mauvais Auteur.

Un ſecond fait faux avancé par M. L**, eſt qu'on *s'eſt emparé d'un manuſcrit préſenté par lui à la Police ; qu'*ON *l'a intercepté dans les mains du Cenſeur ; qu'on s'eſt rendu coupable en cela d'un vrai larcin, d'une détention honteuſe & criminelle ; que cette inſidélité eſt d'autant plus odieuſe, qu'elle l'a mis dans l'impoſſibilité de corriger ſes ouvrages, tandis qu'on lui fait des crimes de ce que*

C v

contiennent ses premieres éditions,
& qu'en effet, il avoit supprimé de
ce manuscrit, qui n'est qu'une re-
forme de la réponse aux Docteurs
modernes, les mots dont l'Auteur
de la Théorie du Paradoxe abuse, &c.

Comme M. L** ajoute à tout
ce récit, que cette anecdote n'est
que trop vraie, & qu'elle ne sauroit être assez publique, on est bien
tenté d'employer ici la réponse du
P. Valérien dans les Provinciales,
mais il faut toujours être poli;
nous dirons donc seulement que
l'anecdote de M. L** & toutes
ses circonstances, sans en excepter
une seule, ne sont pas vraies, & que
cette fausseté & la hardiesse avec
laquelle M. L** l'a soutenue, ne
peuvent pas être assez publiques.

Nous prions d'abord nos Lecteurs, de considérer que si cette
production précieuse de M. L**
étoit un imprimé dont M. L**
auroit mille ou douze cens copies,

la *détention honteuse & criminelle*,
le *larcin*, l'*infidélite*, l'*impossibilité de corriger*, tout cela dispa-
roîtroit ; de même que si l'on pre-
noit à M. L** un exemplaire de
sa Théorie des Loix ou de ses Révolutions Romaines, on ne le met-
troit pas dans l'impossibilité de
corriger les fautes grossieres dont
ces deux ouvrages sont remplis.
Que dira-t-on donc des plaintes
touchantes de M. L** , lorsqu'on
apprendra que son prétendu manuscrit est un imprimé ? Or , c'est
ce qu'a attesté à l'assemblée générale de l'Ordre des Avocats , M.
Cadet de Saineville , ce même
Censeur , entre les mains de qui
l'ouvrage a été intercepté selon
M. L** ; c'est ce qu'il a prouvé en
produisant l'ordre du Magistrat ,
par lequel il a été chargé de l'examiner , & qui désigne l'ouvrage
par le nom d'*imprimé* & non de
manuscrit : (ouvrage imprimé sans

permiſſion , malgré ce que proteſte M. L** dans la Théorie du Libelle , IMPRIMÉ SANS PERMISSION,
*qu'il n'a jamais rien imprimé ſans
permiſſion.*) Conçoit-on après cela ,
que M. L** oſe aſſurer *qu'il n'en
a pas de minute* , & que pour
celle-là , il ne la reverra jamais ,
page 74. Nous laiſſons à nos Lecteurs le ſoin de caractériſer une
pareille hardieſſe.

A la vérité , M. L** croira pouvoir ſe tirer de-là , en diſant qu'il
y a quelques pages manuſcrites
dans ce que nous appellons un imprimé , & qu'il eſt autoriſé par-là ,
à donner à ſon ouvrage le nom
de *manuſcrit.*

Mais ce ne ſeroit là qu'un mi-
ſérable ſubterfuge ; car ſon Cenſeur a encore atteſté à l'Ordre des
Avocats , qu'il n'y a que 7 ou 8
pages de manuſcrit jointes à en-
viron 200 pages imprimées , & on
laiſſe à juger ſi l'on peut dire avec

vérité d'un pareil livre , que c'est un *manuscrit dont on n'a pas la minute* , dont *la détention est honteuse & criminelle* , & met un pauvre Auteur dans *l'impossibilité de corriger* ses productions. On demande si M. L** peut être fort embarrassé pour réparer cette perte en recomposant 7 ou 8 pag. & les joignant à un autre exemplaire de ce volume imprimé , lui qui *est une fabrique à Mémoires* , & qui *a une facilité dont rien n'approche* , page 63.

Mais il y a plus, en laissant dire à M. L** que son imprimé est un manuscrit, il sera encore convaincu de fausseté manifeste , en ce qu'il dit qu'on s'en est *emparé* ; qu'on *l'a intercepté entre les mains du Censeur* , &c. L'Auteur de la Théorie du Paradoxe peut énoncer ici des faits publics : il apprendra donc à ceux de ses Lecteurs qui pourroient l'ignorer , que le Censeur de M. L** a attefté à l'affemblée des Avocats, & prouvé pieces en main:

1° Qu'il a reçu le prétendu manufcrit dans les premiers jours de Novembre, avec le mandat du Magiftrat par lequel il étoit chargé de l'examiner.

2° Que le 22 du même mois, il a renvoyé au Magiftrat & l'ouvrage & fon avis.

3° Que le 24, le Magiftrat lui a accufé la réception de l'une & de l'autre par une lettre qui a été produite.

4° Que le 26, M. L** lui a écrit pour favoir ce qu'étoit devenu fon prétendu manufcrit ; à quoi M. de Sainteville a répondu fur le champ que l'ouvrage de M. L** étoit depuis le 22 entre les mains du Magiftrat, faits qu'il a prouvés en produifant & la lettre de M. L** & copie de fa réponfe.

5° Enfin, que quelques jours après M. L** a appris de la bouche même du Magistrat, que son manuscrit n'étoit plus entre les mains de M. de Saineville, mais dans les siennes. Donc le manuscrit prétendu n'a point été intercepté entre les mains du Censeur, & M. L** en étoit parfaitement instruit ; donc, &c. donc, &c.

Quant aux corrections que M. L** annonce dans ce prétendu manuscrit, l'Auteur de la Théorie du Paradoxe a de violens soupçons qu'il ne faut pas y compter davantage que sur les autres assertions de M. L** ; il a entendu dire que tous les endroits de la réponse aux Docteurs modernes, cités dans la Théorie du Paradoxe, concernant le commerce des grains, se retrouvent mot pour mot dans ce prétendu manuscrit, & la déclamation contre le pain & celle contre les Marchands de bled, & l'exhortation aux pères du peuple à faire enfoncer les greniers, &

l'Apologie des violences de la po-
pulace ; si cela étoit, il seroit faux
que M. L** eût supprimé, comme
il le dit, de son nouvel ouvrage,
les *mots* relatifs à la question du
commerce des grains, *dont l'Au-*
teur de la Théorie du Paradoxe
s'est servi contre lui.

C'est aux personnes qui connoissent l'ouvrage de M. L** *sur*
le pain & le bled, à confirmer
ou à détruire les soupçons qu'on
énonce ici. Quant à celles qui
ne le connoissent pas, elles doi-
vent, ce semble, supposer que
cet Ecrivain a passé, en effet,
les bornes dans lesquelles on
a toujours obligé les Auteurs
de se contenir ; & ne pas conclure
du refus ou du délai qu'a essuyés
jusqu'à présent M. L**, qu'on lui
accorde moins de liberté qu'à
ses Antagonistes ; puisqu'on n'a
jamais permis à personne, d'encourager le vol & la sédition

& la violation de l'ordre public *.

Ceci nous conduit tout natu-
rellement à relever une quatrieme
fausseté de M. L**, qui prétend
qu'on lui a défendu d'employer
dans son Journal, les mots de
bled, de *philosophie*, de *liberté*,
d'*économie*, de *science*, de *loix*,
de *charrue*, d'*Académie*, &c. page
77. Il nous suffira de dire que
l'homme de lettres estimable,
Censeur du Journal de M. L**,
(M. G* de l'Académie Françoise,)
assure qu'il n'a jamais interdit à
personne l'usage de ces termes,
mais seulement les déclamations

---

* Deux exemples récens nous persuadent encore
que la brochure de M. L** manque en effet de la
modération qu'on a droit d'exiger d'un Écrivain
qui traite des matieres si délicates, & que c'est ce
défaut de modération qui lui a fait refuser l'approbation du Censeur & la permission d'imprimer. Il
paroît deux ouvrages approuvés par M. de Saineville, *le Cri de l'Agriculture*, & *la Législation &*
le Commerce des Grains, dont les auteurs attaquent comme M. L** la liberté du commerce des
grains, mais avec plus de modération que lui.

violentes qui portent fur ces objets refpectables.

Les Lecteurs font priés de n'en
pas croire davantage M. L**, lorf-
qu'il dit qu'on porte les feuilles de
fon Journal à l'A. M. pour les
mutiler, & pour rendre cet ouvrage *plat & fec.* On défie M. L**
de citer une feule preuve, qu'on
ait jamais confulté l'A. M. fur les
retranchemens à faire dans aucun de fes ouvrages, ni qu'on
lui ait jamais communiqué une
feuille de fon Journal avant l'im-
preffion ; & l'A. M. protefte au
public, qu'il n'y a point de fa faute
fi le Journal de M. L** eft *fec &*
plat, & s'il le devient tous les jours
davantage.

Finiffons en démentant la fiction ridicule de M. L** dans l'invention du perfonnage qui lui fert
d'interlocuteur. Ce M. P* rempli
d'une fi profonde eftime pour M.
L**, qui tient deux mille écus de
penfion de la protection puiffante

de l'A. M. qui revient de Ruffie,
qui a fait un Libelle contre fon
bienfaiteur ; ce M. P*, dis-je,
eft un être imaginaire ; il n'exifte
point de M. P* ; on défie de produire ce M. P*, ni perfonne à qui
puiffe convenir aucun des caracteres par lefquels il le défigne.
On ne voit pas trop ce que cette
fiction a de plaifant, mais on peut
voir aifément ce qu'elle a d'inful-
tant pour le public, à qui M. L**
croit pouvoir perfuader tout ce
qu'il veut.

On fait bien qu'un Ecrivain peut
mettre fes opinions ou celles de fes
adverfaires dans la bouche d'un
perfonnage feint : tel eft le Jéfuite
des Provinciales. Mais alors, il ne
faut pas prêter à ce perfonnage un
nom, des actions réelles, une demeure connue : il ne faut pas, en
attribuant à cet interlocuteur imaginaire une *fatyre contre fon bien-*
faiteur, affurer que *l'anecdote eft*

vraie, & qu'on eſt en état d'en nommer les acteurs, page 152, parce qu'alors la fiction devient un menſonge, & que ſelon M. Waſp lui-même, dont l'autorité ne peut être ici recuſée, *ſi la fiction eſt belle, le menſonge eſt vilain*, voyez l'Écoſſaiſe, acte IIᵉ. ſcene IIIᵉ.

Voilà une petite partie des faits notoirement faux & connus pour tels par M. L**, qu'il n'a pas craint d'avancer dans la Théorie du Libelle. Nous nous garderons bien de qualifier cette maniere de ſe défendre & de traiter avec le public. C'eſt au public lui-même à la juger, car c'eſt lui qu'on inſulte : quant à l'Auteur de la Théorie du Paradoxe, il peut dire bien véritablement, *Pœte non dolet.*

III. Nous voici arrivés à l'imputation faite à l'Auteur de la Théorie du Paradoxe par M. L**, d'avoir préſenté fauſſement les opi-

mions de M. L**, & tourné son
style en ridicule, en le dénaturant.

En repoussant la premiere de
ces accusations, nous omettrons,
comme de raison, les reproches
d'*infidélité réfléchie*, de *mauvaise
foi éclairée*, de *diffamation*, d'*im-
posture*, d'*art criminel*, de *violation ouverte de la décence*, de *l'honnêteté*, de la *justice*, &c. parce
que quoique ces grands mots soient
les ornemens ordinaires de l'élo-
quence de M. L**, ils ne prou-
vent rien, & qu'il s'agit ici de
preuves & non de déclamations.

Les reproches de M. L** portent sur des omissions ; des mutilations ; des additions ou interpo-
lations, & enfin de fausses citations employées à couvrir toutes
ces infidélités.

1° La premiere omission importante de l'Auteur de la Théorie du
Paradoxe, selon M. L**, consiste à
n'avoir pas cité un passage de Char-

din fur les gouvernemens Orientaux, où ce Voyageur dit que les aventures cruelles & fanglantes qui arrivent fouvent en Perfe parmi les Grands, arrivent *peu fouvent* parmi le commun du peuple, & que *la condition du peuple y eft beaucoup plus affurée & plus douce qu'en divers Etats Chrétiens.*

Mais d'abord Chardin ne dit pas que ces aventures n'arrivent *jamais* parmi le peuple. Chardin ne dit pas, comme M. L**, que le gouvernement de l'Afie n'eft pas *arbitraire & defpotique*, puifqu'il dit précifément le contraire. Chardin ne dit pas que les Orientaux *font les feuls peuples de la terre chez qui la liberté trouve encore un afyle.* Chardin ne dit pas que *la liberté civile eft mieux affurée en Afie qu'en Angleterre.* Chardin ne dit pas que *l'adminiftration de la juftice en Perfe eft un prodige de raifon.* Chardin ne s'extafie pas sur *la bonhomie* des Rois de Perse, & sur le charme de *leurs petits soupers.* Chardin ne s'écrie pas , avec l'enthousiasme risible de M. L** : *Vive le Sophi , & vive le fortuné climat où il déploie tant de vertus.* M. L** se trompe grossiérement , s'il croit pouvoir justifier , par un passage de Chardin , des choses si prodigieusement ridicules.

En second lieu , l'autorité d'un voyageur éclairé, tel que Chardin, est respectable sans doute sur les faits qu'il rapporte , sur-tout lorsque ces faits sont simples & faciles à constater. Mais le résultat qu'il en tire lui-même n'est pas une loi pour ses lecteurs.

D'après cette regle que le bon sens dicte , un homme raisonnable soumettra à l'examen l'assertion générale de Chardin , que *la condition du peuple est plus assurée en Asie que dans quelques pays de l'Europe.* Il comparera cette pro-

position avec les faits rapportés
par Chardin lui - même , & s'il
trouve que , selon ce voyageur,
les hommes fur qui tombent ces
barbaries des Rois de Perse font
des eunuques , des Barbiers ,
porte-flambeaux , des joueurs de
luth, des femmes à qui ces gra-
cieux Souverains font couper les
pieds & les mains , ou qu'ils font
brûler & écorcher vifs , &c. S'il
lit dans ce même Chardin que les
Intendans & Gouverneurs des Pro-
vinces *y exercent des vexations*
insupportables ; que , même sous
les yeux du Prince & dans la Capitale , la justice criminelle s'admi-
nistre *à grands coups de bâton, sans*
connoissance de cause &c; il dira
hardiment que Chardin s'est trompé
dans le résultat général qu'il a tiré
des faits , & il se rira de l'Ecrivain
sans jugement ou sans bonne foi,
qui , pour appuyer une opinion
extraordinaire ,

extraordinaire, s'attache à une af-
fertion vague, perdue dans un
grand ouvrage, & néglige les faits
multipliés qui conduifent à une
conféquence toute oppofée.

M. L** cherchant à fe jufti-
fier fur les reproches qu'on lui a
faits de fon foible pour Tibere,
& de fon averfion pour Titus,
tranfcrit douze ou treize pages de
fes Révolutions Romaines, où il
dit du mal de Tibere & du bien
de Titus : paffages que fon critique
auroit dû, felon lui, rapporter.

L'Auteur de la Théorie du Paradoxe avoit prévenu fes lecteurs
fur l'ufage que M. L** pourroit
faire de ce moyen, & en avoit
montré l'infuffifance. Il avoit re-
marqué que c'étoit un des avantages de la contradiction de fournir une juftification aux Ecrivains
à Paradoxes, parce que, dit-il,
comme on ne croit pas facilement

D

qu'un homme raisonnable puisse soutenir deux opinions diamétralement
oposées, en rapportant ce que vous
aurez dit de contraire à l'opinion
qu'on vous reproche, *vous jette-*
rez vos lecteurs dans une grande
perplexité, & vos critiques dans
un grand embarras.

Nous tirerons pourtant nos lecteurs de cette perplexité, en leur
faisant remarquer sérieusement que
le mal que M. L** a dit en un endroit de Tibere, & le bien qu'il a
dit de Titus, ne le justifient point
du tout des blasphêmes qu'il a pro-
férés ailleurs, en disant que *Tra-*
jan & *Henri IV n'ont rien fait de*
plus que Tibere *pour le bonheur*
des peuples, & en taxant Titus
d'ignorance, *d'imbécilité*, *d'im-*
prudence, de *cruauté*, *d'incapacité*
révoltante & de *fourberie inhu-*
maine, pour avoir dit *j'ai perdu un*
jour, & *il ne faut pas que personne*

forte mécontent de l'audience du Souverain.

M. L** lui-même devroit sentir la foiblesse de cette apologie, par le peu d'effet qu'elle a déja produit ; car c'est ici la troisieme ou la quatrieme fois qu'il s'en sert. C'est la troisieme ou quatrieme fois qu'il transcrit ces mêmes passages. Il les a imprimés dans sa lettre sur la Théorie des loix , & dans ses diverses défenses contre ses confreres & contre ses critiques , & les voici dans sa Théorie du Libelle. Mais il les réimprimeroit cent fois encore , qu'il n'en sera pas moins vrai & moins constaté qu'il a fait l'apologie de Tibere & la satyre de Titus.

Pour repousser le reproche qu'on lui a fait sur ce qu'il a dit de l'esclavage , il emploie tout aussi inutilement le même moyen ; c'est-à-dire , qu'il transcrit de longs passages de ses livres où il a parlé de la servitude avec horreur. Les citations qu'il fait à ce sujet remplissent encore vingt pages de sa réponse à l'A. M.

Mais pour arracher à M. L** cette misérable défense, il suffit de lui répéter vingt fois qu'il a soutenu en d'autres endroits qu'*il n'y a point & qu'il ne peut y avoir dans le monde de liberté civile ; que la suppression de l'esclavage personnel est une funeste & detestable manœuvre, qui a tout perdu dans l'ordre social*, &c. &c. Il suffit de renvoyer à la Théorie du Paradoxe, pag. 21 & suiv.

En général, si un Ecrivain pouvoit se justifier d'une sottise en citant ce qu'il a dit de raisonnable sur un autre sujet ou sur le même sujet, il n'y auroit point de mauvais Auteur qui ne pût faire son apologie ; mais il n'en est pas ainsi.

M. L** doit se bien persuader que les sottises imprimées demeurent éternellement, à moins qu'on n'en fasse une humble confession, qu'on ne les rétracte au lieu de les désavouer; & qu'on ne soit modeste & de bonne foi, même avec ses critiques, quand on leur a donné de si grands avantages sur soi.

Vraiment, on conçoit bien que M. L** peut regretter que ses critiques ne remplissent pas leurs livres du petit nombre de choses raisonnables qu'il a écrites; aussi cherche-t-il à réparer cette omission en se recopiant longuement dans la Théorie du Libelle. Sur 200 & tant de pages que sa brochure contient, il en remplit courageusement 75 de ses propres citations, toujours avec des éloges touchans.

C'est ainsi qu'après avoir copié quatre pages de sa lettre sur la

Théorie des loix, il fait dire à un de ses interlocuteurs, *cela est non seulement fort, mais exact.* p. 91, & qu'à la page 139, après avoir transcrit mot à mot 12 pages de la Theorie des loix, il fait dire à l'A. M. (qui proteste n'avoir jamais rien dit ni pensé de pareil): *Vous croyez bien que si les plus furieux de nos partisans venoient à avoir révélation d'un seul morceau tel que celui-là, c'en seroit assez pour concilier leur bienveillance à M. L**.*

Mais ce que la vanité aveugle de M. L** l'a porté à faire dans sa défense, l'Auteur de la Théorie du Paradoxe n'a pas dû le faire dans sa critique, pour deux grandes raisons; dont la premiere est, qu'il se seroit rendu ennuyeux en citant longuement M. L**; & la seconde, que son projet n'étoit pas d'être agréable à M. L**. M. L**

eſt comme le Bourgeois Gentil-
homme ; il veut qu'on l'attaque à
ſa maniere , & qu'on ne lui pouſſe
pas en tierce avant de pouſſer en
quarte ; mais Nicole pouſſe comme elle veut.

2° La ſeconde eſpece d'infidélité
reprochée à l'Auteur de la Théorie du Paradoxe , par M. L** , &
qui ſeroit plus conſidérable , eſt la
mutilation du texte de M. L** ,
qu'on auroit dû , ſelon lui , citer
en entier.

On répondra que cette prétendue mutilation ne conſiſte qu'à
omettre des parties du diſcours
étrangeres ou inutiles à l'expoſi-
tion de l'opinion de M. L** : qu'il
a fallu faire ces retranchemens ,
ſous peine d'être ennuyeux ; que
la fidélité néceſſaire dans les citations , n'exige pas qu'on tranſcrive
en entier le texte d'un Auteur ;
qu'il ſuffit que la partie du texte

conſervée , rende fidélement ſon
ſens dans les termes que lui-même
a employés , & que l'Auteur de
la Théorie du Paradoxe a ſoigneu-
ſement obſervé cette regle.

D'ailleurs , des citations éten-
dues ſeroient néceſſaires peut-être,
s'il étoit queſtion d'établir un ſentiment conteſté ſur les opinions
d'un Auteur : mais quand ces opinions ſont connues ; quand il les
avoue lui-même ; quand il les ſou-
tient encore aujourd'hui , même
en ſe défendant , il ſuffit d'indi-
quer les propoſitions détachées
tirées de ſes écrits , où ces opinions ſont exprimées avec quelque briéveté. Or, c'eſt là l'état des
choſes entre M. L** & ſon anta-
goniſte. L'apologie du deſpotiſme
Oriental , & celle de l'eſclavage
perſonnel ; l'averſion de M. L**
pour le pain & ſon goût pour Tibere ; ces opinions bizarres ſont

publiquement connues comme
étant celles de M. L**. Il les défend encore aujourd'hui , il n'étoit
donc pas nécessaire de prouver
qu'elles sont ses opinions.

Quoique nous fussions en droit
de nous en tenir à ces généralités,
nous ne pouvons nous empêcher
de répondre en particulier à un
seul exemple que M. L** cite de
ces prétendues mutilations ; exemple d'autant plus singulier , que ce
n'est pas d'avoir omis ses paroles
que M. L** fait un crime à son critique , mais d'avoir supprimé d'un
passage , où M. L** cite M. d'A-
lembert , les *absurdités du d'Alembert* , pour nous servir des expres-
sions honnêtes de M. L** ; il lui
reproche de n'avoir pas rapporté
tout au long, ce que M. L** trouve
absurde dans *le d'Alembert* , &
d'avoir seulement dit , que *selon*
*M. L**, ce Philosophe admirable.*

D v

annonce au *Public* avec un *jargon mathématique*, DES CHOSES *pour lef-quelles les enfans rient au nez de ce grave Docteur*. Il prétend que cette interpolation du mot DE CHOSES, eſt un artifice par lequel l'*abſur-dité du d'Alembert s'évanouit*, & que cela fait croire bien injuſte-ment qu'en attaquant un *coloſſe de Géométrie*, M. L** *n'a pour toute arme, qu'une pareille boule de neige*, & qu'il eſt un *enragé qui ne veut que mordre, ſans ſeule-ment feindre de raiſonner*.

Ici comme ailleurs, M. L** manque abſolument de juſteſſe dans l'eſprit, ou de bonne foi. La cita-tion de la prétendue abſurdité de M. d'Alembert n'étoit point néceſ-faire à la bonté du raiſonnement de l'Auteur de la Théorie du Pa-radoxe; parce que celui-ci n'avoit pas à prouver que M. d'Alembert n'étoit pas abſurde, mais ſeule-

ment que *M. L** avoit dit* que M.
d'Alembert étoit abſurde; qu'*il fai-*
ſoit en Géométrie des fautes énor-
mes, des milliers d'héréſies dont un
enfant riroit au nez de ce grave
Docteur. Voilà tout ; car il ſeroit
bien ridicule d'entreprendre la dé-
fenſe de M. d'Alembert, attaqué
ſur la Géométrie, par M. L**. Il
ne s'agiſſoit que de rappeller au
Public, que M. L** avoit dit ces
CHOSES ſur les CHOSES que M. d'A-
lembert avoit dites.

Quant à la *boule de neige* & au
coloſſe de Géométrie, & à *l'enragé*
qui mord ſans ſeulement feindre de
raiſonner, l'A. M. proteſte qu'il
n'a pas fait une ſeule de ces pi-
quantes épigrammes, & qu'il loue-
roit plutôt M. L**, que de le
critiquer de ce ſtyle & de ce
ton-là.

Cependant M. L**, qui depuis
la Théorie du Paradoxe ſemble

D vj

avoir perdu un peu de cette intrépidité avec laquelle il a défendu
ses assertions les plus étranges, a
senti quelque honte de ce qu'il
avoit dit des connoissances géo-
métriques de M. d'Alembert, &
il veut bien rabattre un peu de la
sévérité de son jugement. Il accuse
même son critique d'infidélité à ce
sujet ; il prétend qu'il n'a pas dit
affirmativement que M. d'Alembert ne savoit, ni le François ni le
Latin, ni la Géométrie, mais seulement, que *si quelqu'un le disoit,
on crieroit au Paradoxe*, & que
M. l'A. M. lui a mis *sérieusement
dans la bouche, comme des assertions qu'il présente à ses lecteurs,
des objections qu'il se fait à lui-
même*, p. 116.

Nous ne doutons pas que M.
L** ne se soit félicité beaucoup
d'avoir imaginé cette heureuse explication ; mais sa joie sera courte,

car nous allons prouver démonstra-
tivement qu'il n'est pas vrai que
M. L** présente ce qu'il dit de
M. d'Alembert *comme une objection qu'il se fait*, & que s'il le
donne comme un Paradoxe, c'est
en regardant ce Paradoxe comme
une vérité incontestable. On prie
les lecteurs d'en juger par l'extrait
fidele de M. L**, dans lequel nous
nous permettrons pourtant d'omettre ce qui ne tient pas à notre sujet.

M. L** tourmenté du reproche
bien naturel qu'on lui a toujours
fait de courir après le Paradoxe,
& voulant le repousser une fois
pour toutes, traite *ex professo* ce
sujet, dans sa Réponse aux Docteurs modernes, Part. 1re, p. 183,
& voici la suite de son raisonnement & de son texte.

*Si par le mot Paradoxe, on en-
tend des choses difficiles à croire,
pense-t-on qu'il en résulte la pros-*

cription des idées de ce genre que j'ai pu développer? Pag. 140. Il n'y a rien de si aisé que de dire des choses très-extraordinaires, très-incroyables, & cependant très-vraies, & , qui plus est, très-faciles à prouver. Pag. 142. Par exemple, vous verrez dans le monde des milliers de personnes persuadées que l'Abbé de Caveyrac a fait l'apologie de la S. Barthelemy ; cependant prenez la peine de chercher le livre de cet Auteur si injustement avili, vous serez tout étonné de n'y trouver qu'un homme raisonnable, humain, philosophe, un cœur compatissant & un esprit éclairé. pag. 147, 149.

Voulez-vous un exemple précisément dans le genre contraire, & une vérité palpable, produite sous l'apparence la plus révoltante? vous connoissez M. d'Alembert.... Si l'on venoit à dire que ce célebre

M. d'Alembert écrit sans goût en François, rend très-mal le Latin & a fait des fautes énormes quand il a voulu parler des élémens de Géométrie, ce seroit le plus révoltant Paradoxe que l'on ait jamais hazardé ; mais ayez la patience de parcourir un certain cinquieme volume de ses mélanges, vous verrez cette lumiere des sciences abstraites annoncer sérieusement au Public, avec un jargon mathématique, que, &c. que, &c. il n'y a pas d'enfant qui ne se mît à rire au nez du grave Docteur qui viendroit lui dire.... ce que M. d'A. annonce.... & point d'écolier du plus ignorant Arpenteur, &c. En avez-vous assez, Messieurs ? Etes - vous convaincus qu'il y a en effet des choses qu'une face un peu étrange n'empêche pas d'être très-vraies ? Ibid.

Ainsi cette absurdité du d'Alembert est en même temps, selon

M. L**, un Paradoxe, & pourtant *une chose très-vraie & très-facile à prouver, une vérité palpable.* On prie après cela les lecteurs les plus prévenus en faveur de M. L**, de donner un nom à l'intrépidité avec laquelle il soutient qu'il n'a pas dit *affirmativement, que le d'Alembert écrit sans goût en François, qu'il rend très-mal le Latin & qu'il a fait des fautes grossieres en Géométrie, que c'est une objection qu'il se fait à lui-même, & que ce n'est que par la maniere dont on le copie qu'on peut faire croire que c'est là ce qu'il a avancé.* Pag. 116. M. L** est un bien habile homme ; nous doutons pourtant que toute son habileté puisse le tirer ici d'embarras.

3°. M. L** se plaint aussi amérement de ce que l'Auteur de la Théorie du Paradoxe a fait quelquefois, à son texte, des addi-

tions qui le dénaturent entiére-
ment.

Il cite trois ou quatre exemples
de ces prétendues altérations.

La premiere consiste à avoir
ajouté au texte de M. L**, dans
l'endroit où il dit qu'*un homme
peut commettre, en Angleterre,
25 injustices,* à avoir ajouté, dis-
je, cette explication, *c'est-à-
dire, selon M. L**, se donner 25
plaisirs.* Voy. la Th. du Paradoxe,
pag. 33 & 34 ; sur quoi M. L**
remarque agréablement que *ce n'est
pas la une pantalonade de Paschal.*

Mais la plainte de M. L** est
injuste. Il dit que d'*après la servitude qui flétrit les corps & les es-
prits des Anglois, un homme qui
est assez riche pour* SACRIFIER 96
MILLE LIVRES A SES PLAISIRS, *doit
fixer sa demeure en Angleterre,
parce qu'il pourra y commettre au
moins 25 injustices,* en faisant em-

prisonner 25 citoyens. N'est-il pas clair que, selon M. L**, cet homme se sera donné 25 plaisirs, puisqu'en dépensant ainsi son argent, selon M. L**, *il le sacrifie à ses plaisirs* ? Le compte n'est-il pas juste, & l'explication incontestable ?

A la vérité l'A. M. ou l'Imprimeur ont fait une erreur grossiere dans le calcul des plaisirs d'un Anglois plus riche que le précédent, qui auroit *autant de cent mille guinées qu'il y a d'êtres dans sa nation*, & qui les emploieroit, selon M. L**, *à faire mettre une moitié de sa nation en prison par l'autre.* On lit dans la premiere édition de la Théorie du Paradoxe, que ce Sybarite délicat auroit 16 milliards de plaisirs. C'est une faute lourde qu'on a corrigée dans la seconde édition. Car on ne peut se donner avec cette somme, quelqu'ordre qu'on mette dans ses affaires, qu'un milliard six cens quarante millions de plaisirs.

Si l'on peut garder son sérieux en lisant de pareilles extravagances, nous dirons que l'Auteur de la Théorie du Paradoxe n'a pas voulu faire entendre que M. L**, de sang froid, & hors de la chaleur de sa composition, regardât comme un plaisir bien doux de dépenser 4000 guinées à faire emprisonner un homme. Il a seulement voulu faire sentir le ridicule & l'absurdité de M. L**, qui, entraîné par sa mauvaise Logique, entreprend de prouver qu'il n'y a point de liberté civile en Angleterre, parce qu'il n'en a coûté que 96, 000 livres à un Ministre pour avoir fait emprisonner un citoyen pendant deux jours ; & qui pousse la déraison jusqu'à argumenter de la chimérique supposition d'un homme qui auroit de quoi payer à ce prix l'emprisonnement de la moitié de ses concitoyens, pour déterminer le degré de liberté dont jouit une nation. On ne prétend pas mettre la plaisanterie que fait à ce sujet l'Auteur de la Théorie du Paradoxe, à côté de celles de Paschal; mais les Casuistes qui ont décidé qu'on pouvoit tuer un homme pour une pomme, ne sont certainement pas aussi ridicules que M. L** supposant qu'on peut trouver un grand plaisir à en faire emprisonner 4 millions.

Une autre altération bien importante, selon M. L**, est l'explication ajoutée à son texte dans le compte qu'on a rendu de son opinion sur la liberté civile; il faut qu'on nous pardonne encore quelques citations.

L'Auteur de la Théorie du Paradoxe ayant à rapporter ces pa-

roles de M. L** ; *l'innocence &*
la liberté se cachent dans la soli-
tude de l'état sauvage, mais il est
impossible à l'homme policé d'aller
les y chercher, parce que l'avarice
& la violence ont usurpé la terre,
explique ainsi ce texte : *l'inno-*
cence & la liberté, (sans doute
celle d'un taureau sauvage.) *L'a-*
varice & la violence, (c'est-à-dire,
la propriété & les loix).

Ces explications sont en paren-
these & en caracteres différens,
d'où il suit qu'on ne peut pas les
prendre pour le texte de l'Auteur.
Il n'y a donc point d'infidélité
dans la citation. Il ne s'agit plus
que de savoir si l'explication est
juste & fondée sur la doctrine
même de M. L** ; or cela est
évident.

En effet, selon M. L**, défi-
nissant la liberté, *on en distingue*
deux sortes ; l'une naturelle, &

l'autre civile. La premiere, est celle d'un taureau sauvage, le genre humain n'en a jamais joui ; la deuxieme est une chimere, il n'y a point & il ne peut y avoir dans le monde de liberté civile. Lettre sur la Théorie des Loix, page 104.

Or, on demande si de cette division & des définitions qui l'accompagnent, il ne s'ensuit pas clairement que la liberté que l'homme doit aller chercher *dans la solitude de l'état sauvage*, est celle d'*un taureau sauvage*, puisque toute autre liberté est une chimere ; & comme l'état policé ne differe de l'état sauvage que par la propriété & les loix, prétendre que l'homme ne peut trouver la liberté dans l'état policé, parce que l'*avarice* & la *violence ont usurpé la terre policée*, n'est-ce pas dire que cette avarice & cette violence sont la *propriété* & les *loix* ?

Voilà comme on peut démêler les sophismes de M. L**, qui a cru être bien adroit en faisant à son adversaire des reproches de mauvaise foi dont on ne peut se défendre sans entrer dans des explications qui ennuyent facilement les lecteurs. Nous les prions de nous pardonner ces discussions nécessaires, & nous espérons qu'en nous y livrant , nous n'aurons ennuyé personne que M. L**.

4°. Mais voici l'infidélité capitale de l'Auteur de la Théorie du Paradoxe, celle qui lui a servi à couvrir toutes les autres. Il a cité à faux les pages des ouvrages de M. L**, c'est-à-dire , indiqué une page pour l'autre. (Car M. L** ne dit pas que les endroits cités ne se trouvent pas dans ses livres, mais seulement, qu'ils ne se trouvent pas aux pages qu'on indique) adresse très-coupable , puisqu'on a

voulu , par-là , empêcher la con-
frontation , en déroutant les lecteurs qui auroient envie de con-
sulter l'Original.

Mais d'abord , de plus de 150
citations faites dans la Théorie du
Paradoxe , M. L** ne s'inscrit en
faux que contre quatre , celles des
pages 20 , 45 , 46 & 61. Or ,
que pouvoit gagner le critique de
M. L** en déroutant les lecteurs
sur quatre citations , tandis qu'il
en restoit 150 autres sur lesquelles
il n'eût pas pu empêcher la con-
frontation.

En second lieu , il nous reste
à rétablir les citations altérées , ou
par l'inattention de l'Auteur , ou
par la faute de l'Imprimeur , ce
qui est aussi facile que peu important.

Le passage cité à la page 20 au
sujet de la liberté , se trouve en
autant de termes aux pages 173 ,
175

175 & 176, de la Théorie des Loix, tome Ier, & non pas aux pages 185, 187 & 188, comme on l'a dit PAR UNE ERREUR BIEN CRIMINELLE.

Le passage cité à la page 45, ne se trouve que dans les pages 52 & 53 de la lettre sur la Théorie des Loix, & il n'y en a rien dans la page 47, qu'on avoit eu LA MÉCHANCETÉ de joindre aux pages 52 & 53.

Les passages cités à la page 46, ne sont point à la vérité dans le tome IVe de la Théorie des Loix, qui n'existe pas, comme on à eu l'AUDACE de le supposer, mais ils se trouvent mot pour mot dans le tome II, page 219, 220 & 221.

Enfin, le passage cité à la page 61, donné AVEC UNE INSIGNE MAUVAISE FOI, comme appartenant à la page 168 de la Lettre sur la Théo-

E

rie, n'est qu'à la page 92, où il a l'air aussi burlesque que s'il eût été à la page 168.

Voilà, je crois, les lecteurs tranquilles sur la fidélité des citations de la Théorie du Paradoxe, au moins quant à ce qui regarde l'accusation importante d'avoir indiqué une page pour l'autre.

Mais dit M. L**, si ces altérations, ces retranchemens, ces additions ne dénaturent point les opinions, elles changent au moins prodigieusement le style, & les passages ainsi défigurés, ne peuvent plus avoir le charme que l'Ecrivain leur avoit donné : c'est ainsi qu'en transcrivant un long passage de la Théorie des Loix, page 34, sur le Gouvernement Asiatique, on a inséré dans la phrase des *commentaires interpolés qui rendent le discours traînant, & font que le Géant apparent de-*

vient *fous la plume de l'A. M** un pygmée imperceptible*, & qui font dire aux lecteurs : *pardieu, voilà un pitoyable Ecrivain* ! Théorie du Libelle, page 93 & 94.

Un Géant apparent qui *devient fous une plume* un *pygmée imperceptible* ! Cette maniere de fe défendre du reproche d'écrire mal, montre déja combien l'artifice étoit peu néceffaire à l'Auteur de la Théorie du Paradoxe, pour prouver que M. L** n'écrit pas bien.

Mais voici pis que mal écrire : c'eft la mauvaife foi avec laquelle M. L** donne ce paffage avec les explications qu'y ajoute fon critique comme altéré à deffein, pour prouver que M. L** écrit mal.

D'abord en cet endroit, il n'eft point du tout queftion du ftyle, mais du fonds des chofes, & de faire connoître les opinions de M. L**.

L'Auteur de la Théorie du Paradoxe n'ayant prétendu donner une
idée de la maniere d'écrire de M.
L** que dans la troifieme partie
de fon Traité, où il enfeigne toujours d'après cet habile homme,
l'art de préfenter & de défendre le
Paradoxe.

En fecond lieu, M. L** à qui
ces explications interpolées caufent
un fi grand déplaifir, n'avertit pas
les lecteurs que les mots ajoutés,
font expreffément donnés, comme
n'étant pas de lui, puifqu'ils font
en caracteres romains, au milieu
des caracteres italiques qui pré-
fentent le texte de M. L**.

Enfin, loin que l'Auteur de
la Théorie du Paradoxe dût s'attendre à des reproches, il avoit
quelque droit à des remerciemens
en fe donnant la peine d'expliquer
aux lecteurs les obfcurités de la
phrafe de M. L**.

Les gens de lettres, dit M. L**, *dévoués à un ordre qui fixe & nourrit l'illustration du leur, n'ont été frappés que de son avilissement sous une administration qui l'opprime ; ils ont donc proscrit le Gouvernement Asiatique*, &c.

Outre le ridicule de cette idée, qui ne voit que c'est là un galimathias qu'il falloit expliquer ; qu'on n'entend pas ce que c'est qu'*un ordre qui fixe & qui nourrit l'illustration* de l'ordre des gens de lettres, à moins qu'on n'ajoute, *c'est-à-dire l'ordre des Grands* ; & que *son avilissement* pouvant par le tissu de la phrase se rapporter à l'ordre des gens de lettres ou à l'ordre des Grands, il falloit bien dire encore qu'il signifioit là l'ordre des Grands. M. L** écrit du galimathias, on l'explique, & il se plaint qu'on gâte son style ! il est vraiment difficile à servir.

Enfin, dans toutes les citations faites pour mettre sous les yeux des lecteurs l'incorrection, le mauvais goût, les fautes grossieres de M. L**, l'Auteur de la Théorie du Paradoxe n'a employé d'autre artifice, si c'en est un, que celui de rapprocher des fautes éparses qui n'en sont pas moins réelles, pour n'être pas toutes dans la même page ou dans le même ouvrage. Quand M. L** a critiqué les Economistes à tort ou à bon droit, il a, comme l'Auteur de la Théorie du Paradoxe, recueilli en un petit espace, des fautes répandues dans plusieurs volumes. M. L** manque donc ici de bonne foi, en se plaignant de ce qu'on a employé avec lui une pratique dont il s'est lui-même constamment servi, & qui n'est pas blâmable, quoiqu'employée par M. L**.

Mais y a t - il un homme au

monde fans en excepter M. L**,
lui - même, qui puiffe penfer fé-
férieufement, que l'Auteur de la
Théorie du Paradoxe a eu befoin
de cette miférable reffource, pour
perfuader que M. L** eft un mauvais écrivain. Les citations nom-
breufes dont la Théorie du Paradoxe eft pleine, foit en difcours
fuivis, foit en phrafes détachées,
qui n'en font pas moins des fot-
tifes pour être ifolées; cet abus de
figures, ces métaphores incohé-
rentes & en fi grand nombre; ces
injures groffieres que M. L** pro-
digue à tous fes critiques; ce défaut abfolu du fentiment de la décence qui eft inféparable de celui
du goût; enfin, tous les écrits
de M. L** ne fourniffent - ils
pas des preuves fans replique de
fon mauvais ftyle & de fon mauvais goût.

E iv

Et quand M. L** n'auroit fait que sa réponse à la Théorie du Paradoxe, cette brochure toute courte qu'elle est, ne lui donneroit-elle pas des droits incontestables à la réputation d'homme sans goût & de mauvais écrivain.

La Théorie du Libelle laisse ces deux impressions ; d'abord, par le ton dont M. L** y parle de lui-même, & qui est aussi contraire au bon goût qu'à la modestie, & ensuite par beaucoup de traits du même genre, que tous ceux qu'on a cités en traitant du style dans la Théorie du Paradoxe.

*Vingt endroits des ouvrages de M. L** tirent des larmes des yeux,* libelle. P. 13.

Sa lecture jette dans l'enthousiasme ; on ne trouve dans ses ouvrages que des motifs pour l'aimer. Ibid.

Par combien de choses vraies &
neuves n'a-t-il pas racheté quelques
erreurs. P. 14.

On ne voit par-tout dans ses
livres, qu'un esprit vif, une ame
sensible. Ibid.

Il fait des impressions profondes
sur tous ceux qui le lisent. P. 23.

Il a du nerf, de la vigueur.
P. 26.

Du fond de son cabinet, sans
intrigue, sans protecteurs, il fait
trembler ses ennemis. P. 28.

Son cœur est fier, inébranlable.
P. 30.

C'est un homme ardent & sans
politique ; sa fierté généreuse qui
dédaigne la reconnoissance après
avoir partagé les périls, suffiroit
pour l'immortaliser, & laisser là le
Ministre, après s'être sacrifié pour
le particulier, est un trait AUQUEL
L'HISTOIRE GRECQUE ET ROMAINE
N'OFRE RIEN DE COMPARABLE.
P. 37 & 38.   E v

Son ame eſt de fer , & par la vigueur de ſon ſtyle , c'eſt un ad-verſaire redoutable. P. 43.

Tous ſes ouvrages préſentent un ſyſtéme très-ſuivi , très-lié , très-conſéquent. P. 44.

Rien ne l'intimide , rien ne le déconcerte , il laiſſe agir , parler , cabaler , imprimer , & tout-à-coup , il paroît de lui un Mémoire qui donne à ſes adverſaires pour ſix mois de travail. C'eſt la lame qui balaie le rivage. P. 62.

Il a un feu , une facilité , un ſang-froid , un flégme dont rien n'approche. Il n'a jamais été poſ-ſible de lui arracher l'apparence d'une fauſſe démarche ; non , pas l'apparence d'une. P. 63 & 64.

Il obtient des applaudiſſemens enragés , & on n'a jamais rien vu de pareil. P. 64.

Depuis dix ans qu'on le guette , il ne lui eſt rien échappé qui pût approcher d'une imprudence, pas une plainte indiscrette, pas un Libelle clandestin, pas un mot suspect. S'il imprime, ce n'est qu'avec approbation, (si l'on en excepte la Théorie du Libelle.) P. 65.

C'est une fabrique à Mémoires, & ses réflexions y sont enchaînées avec tant d'art, qu'il seroit impossible d'y trouver un mot à reprendre. Pag. 65.

C'est Hector s'élançant sur les Grecs avec les armes d'Achille, & culbutant les bataillons. Pag. 71.

Sa Logique est vigoureuse ; seulement il appuie trop sur les preuves, ce qui est pardonnable quand on presente en politique & en morale des vérités nouvelles. P. 107.

Le succès de ses raisonnemens, quand il a des Juges à convaincre, est un grand préjugé en faveur de sa Logique, & quant à son style, comme c'est une chose publique &

E vj

connue (qu'il écrit bien) , *ce feroit fe rendre ridicule foi-même* (que d'entreprendre de prouver qu'il écrit mal). *On n'y réuffiroit pas , & on auroit la honte de l'avoir effayé.* Pag. 84.

Telle eft la maniere modefte dont M. L** parle de lui-même, & que nous ne relevons ici que comme une preuve décifive de fon mauvais goût. Mais nous y ajouterons d'autres exemples qui confirmeront encore ce jugement.

Selon M. L** , l'A. M. *a forcé fon cœur à outrager un homme renverfé, & fon pied de derriere à fe lever pour lui donner le dernier coup.* Préfac.

Un Corps infulté devient infiniment redoutable, pour un atóme parjure qui ofe s'en détacher. Pag. 17.

*Les Œconomiftes avoient entrepris la converfion de M. L**, &*

alors tous les cœurs & toutes les mains s'élançoient au devant de lui. Pag. 27.

M. L** n'est pas un panégyriste aveugle qui se laisse emporter au déréglement de ses organes. P. 120.

Les boudoirs sont des chapelles sacrées de la philosophie & de l'amour. P. 144.

Il faut des pages sans fin à la raison, pour s'établir avec tout son bagage. P. 145.

On se fait une ressource des fruits imparfaits de la jeunesse de M. L**, pour rendre suspects ceux qu'une maturité accélérée par l'expérience rend tout autrement importans. Pag. 154.

Quand deux principes existent dans un mélange quelconque de couleur, le résultat est à une même distance de ses parties intégrantes, on décompose l'amalgame, &c. Pag. 46.

On a d'ailleurs vu plus haut, &
la boule de neige & le coloſſe de
Géométrie, & *l'enragé qui mord*
ſans ſeulement vouloir feindre de
raiſonner, & *le même principe qui*
aiguillonne tous les complices, &
l'onction de l'ingratitude qui conſa
cre les Œconomiſtes, &c. &c. &
tout l'ouvrage, & tous les ouvrages de M. L**.

Avec cela, quel art falloit - il
donc à l'Auteur de la Théorie du
Paradoxe pour prouver que M. L**
eſt un homme ſans goût, & pour
faire ſentir le ridicule lorſqu'il eſt ſi
grand & ſi marqué ? Oui, nous ne
craindrons pas de le dire, s'il reſte
encore des gens qui trouvent que
M. L** écrit bien ; puiſſent des
juges ſi délicats continuer toujours
de lire, & d'admirer M. L**.

Avec des défenſes ſi foibles &
dans l'impuiſſance de repouſſer les

reproches qu'on lui a faits sur ses
opinions extravagantes, ses contradictions continuelles, sa mauvaise logique, son ton injurieux,
avec ses critiques, son mauvais
style & son mauvais goût, &c. on
a peine à concevoir comment M.
L** a tenté de répondre à la Théorie du Paradoxe, ou plutôt à lui-
même, puisqu'enfin cet Ouvrage
étant presqu'uniquement formé de
ses citations, c'est lui-même qui
s'est porté tous les coups qu'il a
reçus ; tout autre à sa place se feroit tenu pour battu, & même
pour mort en sa qualité d'Ecrivain
& de Philosophe ; mais M. L** est
comme le Sarrazin du Berni, qui
ne s'appercevant pas, dans la chaleur du combat, qu'il est coupé
en deux, va combattant encore
tout mort qu'il est.

Andava combattendo ed era morto.

Il y a là quelque chose de singu-

lier , & ces reftes de vie tiennent
à un principe caché qu'il eft inté-
reffant de faire connoître. Il faut
le dire, il faut qu'on fache que
cette vertu fecrete , cette force
inconnue qui foutient encore M.
L**, eft, j'en demande pardon au
Public, un mépris profond pour le
Public.

Tous fes ouvrages paroiffent
dictés par cet efprit , & on conçoit en effet que pour choquer
toutes les idées reçues , & pour
infulter fans retenue tous ceux qui
les foutiennent, il faut avoir un
mépris profond pour la portion du
Public la plus fage & la plus éclairée.

Mais, il faut l'avouer, jamais
dans aucun ouvrage de M. L**, ni
dans aucun ouvrage connu, ce
grand mépris pour le Public n'a
été prononcé d'une maniere auffi
forte que dans la Théorie du Libelle.

Quelle idée en effet doit avoir
du Public l'Ecrivain qui, en pré-
tendant faire prendre pour un libelle une simple critique littéraire,
fait lui-même un libelle très-violent, où il insulte des citoyens de
tous les ordres, sans motif ni pré-
texte ?

Où il avance des faits notoirement faux, & dont il est bien as-
suré que la fausseté sera démontrée
tout-à-l'heure ?

Où il accuse son critique de fal-
sifications, d'altérations, lorsqu'il
est évident par les citations faites
par M. L** lui-même, que ce critique a rendu fidélement ses opinions ; lorsqu'il est facile aux lecteurs de constater cette fidélité,
lorsque ces opinions sont si connues
que personne n'en doute ?

Où il se loue sans mesure & par
tous les côtés, lorsqu'il devroit
être occupé de repousser les repro-

ches les plus graves & les ridicules
les plus grands?

Où il affiche une assurance
que n'auroit certainement aucun
écrivain ayant à se reprocher la
dixieme partie des erreurs mons-
trueuses, & des fautes grossieres
dont il est convaincu?

Et enfin où il espere imposer au
Public par cette audace même :
espérance qui est pour le Public
une insulte de plus?

Or, c'est là ce qu'a fait M. L**.
Nous croyons qu'il a mal connu le
Public, en se flattant de le maîtri-
ser par l'audace, & de le dompter
en l'insultant. C'est au Public à
détromper M. L**. à qui nous
croyons être en droit d'appliquer
la maxime de Pline le jeune :

Qui neminem veretur, seipsum contemnit.

Il est temps de terminer pour
toujours une discussion qui ne peut

plus rien avoir d'intéreſſant. M.
L** peut, s'il le juge à propos,
ſe donner déſormais le plaiſir d'é-
crire avec tout ſon *feu*, toute ſa
facilité & toute ſa *vigueur* contre
l'Auteur de la Théorie du Paradoxe : celui - ci ne rentrera plus
dans une carriere où les intérêts
de la vérité & ceux du bon goût
ont pu ſeuls l'engager. Il pouvoit
être utile de prouver que M. L**
eſt un mauvais raiſonneur & un
mauvais Ecrivain, mais lorſque
cela eſt une fois prouvé, on ne
doit plus ni écrire, ni raiſonner
contre M. L**.

F I N.

THEORIE

DU

PARADOXE

www.ingramcontent.com/pod-product-compliance
Lightning Source LLC
Chambersburg PA
CBHW060826250626
47162CB00005B/1957